Je m'embête, tu m'embêtes, il m'embête, elle m'em
m'embêtent, elles m'embêtent, je t'embête, tu t'emb
l'embêtez, ils t'embêtent tous, elles t'embêtent, je
l'embêtons, vous l'embêtez, c'est bête, ils l'embête
il nous embête, elle nous embête, nous nous em
nous embêtent, je vous embête, tu les embêtes, il
vous vous embêtez, ils vous embêtent, elles vous e
elle les embête, nous les embêtons, vous les embê
tu t'embêtes, il s'embête, elle s'embête, nous nou
s'embêtent. Loup m'embête... C'est même pas vra
elle m'embête encore, nous nous embêtons, vous m
tu t'embêtes, il t'embête, elle t'embête, nous t'embê
je l'embête, tu l'embêtes, il l'embête, elle l'embête,
l'embêtent, je vous embête, tu nous embêtes, il n
aussi d'ailleurs... vous nous embêtez, ils nous em
embêtes, il vous embête, elle vous embête, nous v
elles vous embêtent, et c'est embêtant... Je les e
nous les embêtons, vous les embêtez, ils les emb
il s'embête, elle s'embête, nous nous embêtons,

e aussi, nous nous embêtons, vous m'embêtez, ils
, il t'embête, elle t'embête, nous t'embêtons, vous
nbête, tu l'embêtes, il l'embête, elle l'embête, nous
elles l'embêtent, je vous embête, tu nous embêtes,
ons, vous nous embêtez, ils nous embêtent, elles
us embête, elle vous embête, nous vous embêtons,
têtent, je les embête, tu les embêtes, il les embête,
, ils les embêtent, elles les embêtent, je m'embête,
mbêtons, vous vous embêtez, ils s'embêtent, elles
Je m'embête toujours, tu m'embêtes, il m'embête,
bêtez, ils m'embêtent, elles m'embêtent, je t'embête,
s, vous l'embêtez, ils t'embêtent, elles t'embêtent,
us l'embêtons, vous l'embêtez, ils l'embêtent, elles
embête, elle nous embête, nous nous embêtons
tent, elles nous embêtent, je vous embête, tu les
embêtons, vous vous embêtez, ils vous embêtent,
te, tu les embêtes, il les embête, elle les embête,
nt, elles les embêtent, je m'embête, tu t'embêtes,
s vous embêtez, ils s'embêtent, elles s'embêtent...

ISBN 978-2-211-21986-0

Loi 49956 du 16 juillet 1949 sur les publications
destinées à la jeunesse : octobre 2013
Dépôt légal : mars 2015

Mise en pages : *Architexte*, Bruxelles
Photogravure : *Media Process*, Bruxelles
Imprimé en France par *Aubin Imprimeur*, Ligugé

Édition spéciale non commercialisée en librairie

Michel Van Zeveren

JE, TU, IL M'EMBÊTE

d'après une idée originale de Michaël Escoffier

Pastel
l'école des loisirs

Je m'embête…

Toc ! Toc !

Est-ce que je peux
vous embêter une seconde ?

Attention !
Pas de bêtises,
les enfants !

Mais oui,
c'est pas bête…

C'est pas bête
d'embêter quelqu'un
quand on s'embête !
dit petit loup.

Ha ! Tu peux toujours essayer
de m'embêter ! dit petit lapin.

T’es vraiment bête
de croire que tu peux t’échapper !

Et voilà !

Qu'est-ce qu'elle dit
la petite bête avec
ses grandes oreilles ?

Au secours !
Loup m'embête !

Ha ! Qui embête qui,
maintenant ?
dit petite souris.

C'est toujours les plus grands
qui embêtent les plus petits, non ?
dit petit sanglier.

Pas toujours ! Parfois, c'est les filles qui embêtent les garçons qui embêtent les filles, dit petite biche.

N'importe quoi !

Pour embêter quelqu'un,
c'est mieux quand on est trois !

Peut-être, dit petite grenouille.
Mais les derniers à être
embêtés sont les plus embêtés !

Et bien malin celui qui pourra m'embêter maintenant. Surtout que je n'ai pas d'oreilles, moi !

M'sieur,
ils m'embêtent.

Même pas vrai !

Je m'embête pas, moi.

C'est pas moi, c'est lui !

Puisque tout le monde
embête tout le monde...

Tous au coin !

Ça, c'est bête…

Je dirais même plus,
c'est embêtant.

Je m'embête, tu m'embêtes, il m'embête, elle m'em
m'embêtent, elles m'embêtent, je t'embête, tu t'emb
l'embêtez, ils t'embêtent tous, elles t'embêtent, je
l'embêtons, vous l'embêtez, c'est bête, ils l'embête
il nous embête, elle nous embête, nous nous em
nous embêtent, je vous embête, tu les embêtes, il
vous vous embêtez, ils vous embêtent, elles vous e
elle les embête, nous les embêtons, vous les embê
tu t'embêtes, il s'embête, elle s'embête, nous nou
s'embêtent. Loup m'embête... C'est même pas vra
elle m'embête encore, nous nous embêtons, vous m
tu t'embêtes, il t'embête, elle t'embête, nous t'embê
je l'embête, tu l'embêtes, il l'embête, elle l'embête,
l'embêtent, je vous embête, tu nous embêtes, il n
aussi d'ailleurs... vous nous embêtez, ils nous em
embêtes, il vous embête, elle vous embête, nous v
elles vous embêtent, et c'est embêtant... Je les e
nous les embêtons, vous les embêtez, ils les emb
il s'embête, elle s'embête, nous nous embêtons,

e aussi, nous nous embêtons, vous m'embêtez, ils
s, il t'embête, elle t'embête, nous t'embêtons, vous
nbête, tu l'embêtes, il l'embête, elle l'embête, nous
elles l'embêtent, je vous embête, tu nous embêtes,
ons, vous nous embêtez, ils nous embêtent, elles
s embête, elle vous embête, nous vous embêtons,
tent, je les embête, tu les embêtes, il les embête,
, ils les embêtent, elles les embêtent, je m'embête,
mbêtons, vous vous embêtez, ils s'embêtent, elles
Je m'embête toujours, tu m'embêtes, il m'embête,
bêtez, ils m'embêtent, elles m'embêtent, je t'embête,
s, vous l'embêtez, ils t'embêtent, elles t'embêtent,
us l'embêtons, vous l'embêtez, ils l'embêtent, elles
embête, elle nous embête, nous nous embêtons
tent, elles nous embêtent, je vous embête, tu les
embêtons, vous vous embêtez, ils vous embêtent,
te, tu les embêtes, il les embête, elle les embête,
nt, elles les embêtent, je m'embête, tu t'embêtes,
s vous embêtez, ils s'embêtent, elles s'embêtent...